歌集

NEKO RAKU GIN

猫楽吟

——賢い猫は歌を詠む

井本猫良

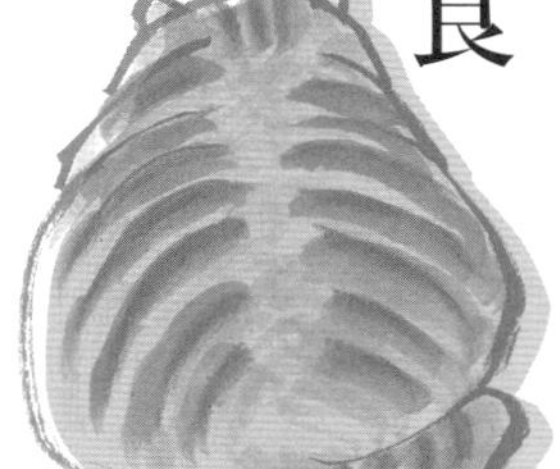

源草社

はじめに

数千年前、人がわれわれ猫に近づいてきたとき、われわれ猫は神でした。われわれが人にはない神秘さと優美さと優雅さを身に備えていることを、当時の人々はよく理解し恐れおののいたのです。

われわれは静寂と風雅を好み、騒々しさと無用な接触を嫌います。加えていえば、毎日のおいしい貢ぎものとふっくらした寝床があればいいのです。それ以外は多くを望みません。人や犬のように、手当たり次第に何でも自分のものにしたがる所有欲は強くありません。

人はわれわれ猫をわがままとか不思議な生き物だといいます。とんでもない誤解です。われわれ猫はわがままではありません。己に素直に生きているだけです。素直さを持たない人に素直さを理解しろといっても不可能かもしれませんが。

不思議な生き物というのは本気で理解しようとしないが故でしょう。人はわれわれをほんとうに理解したいと思ったことがあるでしょうか。われわれ猫にすれば、人の行動の方がよほど理解不能です。眠っているわれわれをいきなり抱き上げ、「癒される！」という人がいます。ずいぶん身勝手な所業です。拒否すると怒り出す人もいます。誰にでも都合というものがあります。

人だけが無遠慮に振舞って良いということはありません。確かにわれわれはしなやかで美しい。子猫は特にかわいいので抱きしめたくなる気持ちもわかります。だからこそ、そっと「抱き上げてもよろしいでしょうか」とお伺いをたててほしいものです。

この歌集は、われわれ猫が詠みました。その数、五十二首。詠み猫の名がわかっている歌も、読み猫知らずの歌もあります。昭和の大戦争が終わり、しばらくしてから生を受けた猫から平成の御世に至るまでの七十年弱の間に生きた十数匹の猫の歌です。

収められた歌は、すべて「たのしみは……」ではじまり「……とき」で終わっています。江戸時代末期の福井の歌人、橘曙覧（たちばなのあけみ）さんの「独楽吟」に倣っています。われわれ猫の「たのしみ」の一端を人も知るべきだと考えるからです。

猫が歌を詠めるのかって。これぞ無礼千万の極みです。日本人にとって常識である古今和歌集の仮名序の中に、紀貫之さんの次のような一節があります。

花になくうぐひす水にすむかはづのこゑをきけば、いきとしいけるもの、いづれかうたをよまざりける。（紀貫之　古今和歌集仮名序）

「うぐいすやかえるの鳴き声を聞くと、人のみならずあらゆる生き物が歌を詠むことがわかる」といっています。人でも一流の歌人には人以外の歌がわかるのですね。

さて、今の世の人は、いかがでしょうか。

詠み猫代表　こま
メグ夫
どん太

◉目次

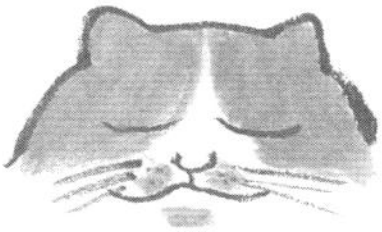

第一章　つきあい

一、

たのしみは
声をかければ戸が開き
人いそいそと迎え来るとき

扉や網戸をガリガリと掻いて合図してもいいんだけれど、声を出して呼ぶことにしている。一応、気を使ってやらないとね。それに、声をかけた方が、遠くから近づく人の足音がうれしそうなんだなあ、これが。

二、たのしみは
紙を広げて読む人の
前に座りて目顔みるとき

＊注　目顔＝視線

ちょっとした心理ゲームです。このゲームで人がどういう態度をとるのか、それをみて付き合い方の判断材料にしています。身勝手な輩、気分屋、遠慮がちな人。何気ない動きの中に人の本質が顕われます。ま、人はわかっていないでしょうが。

三、たのしみは「にゃあ　にゃおう」と哭きまねを子猫に試す人を見るとき

猫語を話したければ、猫語を繰り返し聞くことが大事だ。そうすれば、「ある日突然、聞き取れて話せるようになる」というコマーシャルがあったような気がする。発音のヒントを言えば、ｎから始まる言葉だけでなく、ｍ、ｈ、ｒの言葉や発音に気を付けること。

四、たのしみは
とりへびねずみの狩り遊び
えもののさまを人知りしとき

獲物の動きを知らないと獲物は捕まえられません。おもちゃだから手を抜くということを、われわれ猫はしません。鳥のおもちゃなら鳥が飛ぶように、蛇なら蛇が動くように、ネズミならネズミのように動かすこと。それができたら遊んであ・げ・る。

五、

たのしみは
高みのものにちょいと手を
かけ落ち砕けるさまをみるとき

科学的探究心を抑えることは難しい。特に、「物体の重量と落下と接地時における衝撃およびその破損と飛散に関する研究」は好きだ。まとめて発表すれば、イグノーベル賞ぐらいはとれるだろう。そのためにも実験の例数を増やさねばならない。

六、たのしみは
爪出し耳引き尾の小振り
わがかえりごと人悟るとき

＊注　かえりごと＝返事

眠っている時に声をかけられたら、人は不機嫌になり怒りだす。われわれ猫は、猫ができているので怒ることはありません。面倒でも返事をします。返事はちょっとした合図ですが。ただ、われわれと付き合いたければそのちょっとした合図を憶えなくてはいけません。それは付き合う相手に対する礼儀というものです。そういう礼儀ができていない人はご免こうむります。

七、

たのしみは
もぐる衾《ふすま》　褥《しとね》　炬燵《こたつ》
一はおとめのふところのとき

＊注　衾＝綿入れの夜具

もぐるところはいろいろあるが、女のふところに勝るものはない。乙女から姥桜までよりどりみどりだ。これも猫徳の故である。人も徳を磨くよう心した方が良い。

八、

たのしみは

夢入りどきにしのびねを

かけし人へかえしするとき

＊注　しのびね（忍び音）＝小さな声

かえし＝返事

われわれ猫が寝ているときに声をかけたいならば、小さな声でかけること。大きな声をだしたり、いきなり触ったり抱き上げたりするのは無礼の極みである。そういう行動は、病猫や老猫の心臓に悪い。自分の身になって考えるというのが「礼」の基本である。

九、たのしみは　女の膝に寝転びて　イラつく男をチラ見するとき

【本歌】　単純に猫であること実践し　こやつ女の膝を動かぬ
（寒川猫持『猫とみれんと』）

この状況はわれわれ猫にとっては、言わば「蜜の味」である。男の歯ぎしり、小刻みに震える指先、高鳴る心臓の鼓動。浅い息遣い。イライラの極致に耐えて男は大きくなっていくのだ。我慢が男を作るのだ。そう、われわれ猫はもっと大きな男になるように鍛えてやっているのだ！

十、たのしみは　わが身を舐めて尻も舐め　ついでに人の口舐めるとき

【本歌】　尻舐めた舌でわが口舐める猫　好意謝するに余りあれども
（寒川猫持　『猫とみれんと』）

自分の身体を舐めて身ぎれいにするのは、われわれ猫のたしなみである。自分の尻を丹念に舐めた後、人の口を舐めるのは、その人物を認めているのだから感謝してもらいたい。ここで注意をしておくが、猫が自分の身体を舐めないことも舐め過ぎることも、病気である可能性が高い。特に舐め過ぎは、よくない環境や人が原因で起こる心の病のことが多い。

十一、たのしみは
そことも知らずつどいをり
みな言葉無く会議するとき

大声を出して主張し合うことが会議ではない。一方的にしゃべるのも会議ではない。どちらも見苦しい。そんな会議はしない方がよい。小さな声で話す方が、皆が聞き耳をたてるので内容が聞くものに染み渡る。そういうことぐらい、そろそろ人もわかった方がよい。

十二、

たのしみは
通い男の黒靴の
中にたっぷり尿《いばり》するとき

いきなり家に入ってきて、主に対して挨拶もなく横柄な態度をとるような無礼な男に対しては、こちらもそれなりの返礼をする。倍返しと言わず五倍返し十倍返しもあることを憶えておくように。

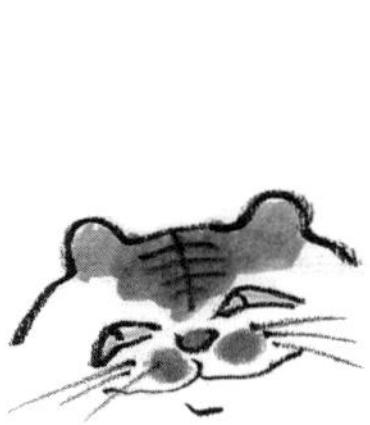

第二章　育てる

十三、

たのしみは
童の顔をざらざらの
舌で起こしてめざめみるとき

猫の手を借りたいと童の母親が思っていたので、手伝っていただけのことです。大したことではありません。幼いときにわれわれに起こされて早起きの習慣をつけると大人になったときに三文は得します。

十四、たのしみは
童の涙舐むりとり
こころからだのうち晴れしとき

泣いている子どもを慰めるのに言葉はいりません。涙の頬を舐めてやるだけでいいのです。頬が乾くころには心も晴れています。そのあとには気分が変わり、また新しい場面が子どもを待っています。

十五、

たのしみは
童描きしおさな絵の
モデルとなりて動かざるとき

われわれ猫を描いて有名になった画家は古今東西大勢います。われわれのポージングが絵画のモデルとして最上だからです。モデルがよいと画家の腕は上達します。われわれは大きな気持ちで、画家や芸術を育ててようとしています。

十六、たのしみは
迎えに出でし角塀の
上で今かと童待つとき

「子どもが帰ってくる時間がわかるのか」って、わからない方が不思議です。人は、「動物が本来持っている能力を、なぜ自分たちは低下したり、喪失したのか」を真剣に考えるべきです。

十七、

たのしみは
童迎えてこころよく
家までしりさき連れ歩くとき

＊注　しりさき＝前後

人の子どもにとってわれわれ猫と一緒に歩くのは楽しいことです。これに近い楽しさはあまりないでしょう。せいぜい犬と一緒に池で泳ぐぐらいでしょうか。世の流れが子どもの至上の楽しみを奪っています。残念なことです。

十八、たのしみは
童のかしら舐め愛し
寝つきしのちの顔眺むとき

寝つきのよい人の子を育てるには、頭の毛を舐めて寝かせるのが一番効果的です。子どもの頃に寝つきのよさを習慣にしてしまえば、大人になっても寝つきのよさは続きます。寝つきの悪い人も薬など飲まずに、猫に頭の髪の毛を舐めてもらえば、すぐに眠れます。毛のない人も大丈夫です。安心して眠れます。

十九、たのしみは　ムニャシムニャシと子らならび　小魚食うを眺めをるとき

【本歌】　たのしみはまれに魚烹て児等皆が　うましうましといひて食う時
（橘曙覧　『独楽吟』）

子どもが並んで食事する姿を見るのは楽しいもんです。子どもが元気で皆そろっていればもっと楽しい。食事は大勢でわいわい言いながら食べるのが一番だから。

二十、

たのしみは
子らみなつどい身構えて
わが尾で狩りの学びするとき

子育てにしっぽは必要不可欠です。人はしっぽを持っていないので、子どもを上手に育てられない人が多いのはそのためでしょう。また、感情表現や伝達手段を機械にたよろうとするのもそのためでしょう。しっぽの便利さと大切さ、持たない人間にはわからないでしょうねえ。同情します。

二十一、

たのしみは
こころそらなる子らが撥ね
走り跳び噴火するをみるとき

*注　こころそら＝無我夢中

幼いころには一日に一度、自制心などどこかにやって、心の底から叫んだり大暴れする時間が必要です。それを「騒ぐな」とか「静かにしなさい」などと抑えれば、将来、必ず横道にそれるでしょう。あり余るエネルギーをその日のうちに発散させましょう。大事なことです。

第三章　寝る

二十二、たのしみは
犬をボディガードにし
太《たい》の字になり昼寝するとき

犬は「守る」という行為そのものが好きだ。守ることを死命にしている犬もいるくらいだ。であるから、ちょっと褒めればわれわれ猫を心から守るようになる。中には育ちが粗野でわれわれに敵意を持っている犬がいるが、そういう犬でもよほどのワルでなければ、なんとか育てることはできる。なお、われわれ猫のようにしっぽのある動物は「大の字に寝る」のではなく、「太の字に寝る」と表現するのが正当なので気を付けるように。

二十三、たのしみは
寄せ打ち返す波枕
太鼓腹にて舟を漕ぐとき

デブの腹の上で寝るのは心地良い。小舟に乗って波に揺られる心持ちになる。うるさい鼾には閉口するが、ポンポン蒸気かディーゼルの音だと思えば気にならないものである。途中で息が止まったりするのも意外と楽しい。

二十四、たのしみは
心にうかぶはかなごと
ねむりてのちに消えおりしとき

【本歌】楽しみは心にうかぶはかなごと　思ひつづけて煙草すふとき
（橘曙覧『独楽吟』）

われわれ猫は余計な臭いがつくのは好みません。曙覧さんが煙草をふかすのは自由ですが、今ならホタル族になっているでしょう。あ、曙覧さんちは風通しがよさそうなので、臭いは気にならないか。

二十五、たのしみは
稲わらちぐらの寝処《さねどこ》で
心まかせの丸寝するとき

＊注　寝処（さねどこ）＝寝床

【本歌】猫ちぐら買ってやるからねんねしな　ちょっと手が出ぬヘーベルハウス
（寒川猫持『猫とみれんと』）

住まいは大事である。われわれ猫は贅沢ではないので、屋根があって周りが囲まれ、出入りするところがあれば十分である。人はウサギ小屋に住むために、長期間の無理な住宅ローンを組んだりする。払い終わったときはその家があばら家同然になっているというのに。せっかくの一生が住宅ローンを払うためだけの一生のようだ。

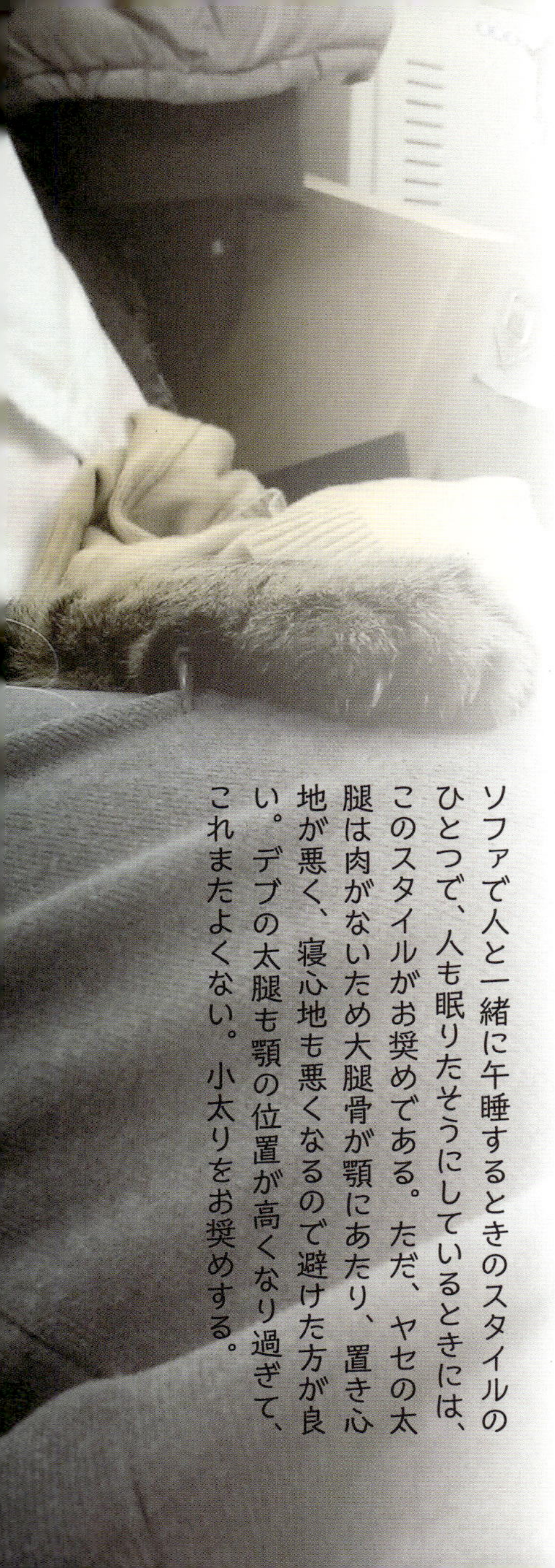

二十六、たのしみは
もろ手をかけてあごおきて
その太ももとともに寝るとき

ソファで人と一緒に午睡するときのスタイルのひとつで、人も眠りたそうにしているときには、このスタイルがお奨めである。ただ、ヤセの太腿は肉がないため大腿骨が顎にあたり、置き心地が悪く、寝心地も悪くなるので避けた方が良い。デブの太腿も顎の位置が高くなり過ぎて、これまたよくない。小太りをお奨めする。

二十七、

たのしみは
うらうらうらの春の日の
ゆるりの雲をみるみる寝るとき

*注　みるみる＝見ながら

ぽかぽか日和の昼寝。理屈はありません。われわれ猫のような時間がたっぷりある特権階級のみ許される日常ですね。「飯付き屋根付き昼寝付き」でいうことなし。飯がまずかったり寝心地が悪かったら別のところに行っちゃいますよ。

二十八、たのしみは
朝凍《あさいた》の日の晴《はる》の間に
陽の温めし屋根で寝るとき

＊注　朝凍＝凍りついた朝

寒い季節でも温かいところはある。それは意外と身近なところにある。日頃から自分の周りをしっかり調べておけば、どんなときでもどこに行けばいいかはすぐに見つけることができる。日頃が大事ってことだね。

二十九、たのしみは

添い寝の人がふと目覚め
我が名を呼びて手を伸ばすとき

【本歌】 真夜中に目が覚めヒシと抱き寄せる　目下のところ猫だけなれど
（寒川猫持　『猫とみれんと』）

人を慰めるのに言葉はいりません。むしろ邪魔です。悲しみに沈んだ中年男を慰めるのも同じです。黙って寄り添ってやりましょう。女の代わりに抱かれてやりましょう。今の時代、こんな広い気持ちで寄り添うのはわれわれ猫だけでしょう。

三十、

たのしみは
溫とし湯舟のふたたにごろり
ゆたにたゆたに太《たい》にねるとき

*注
ゆたに＝ゆったり
たゆたに＝あちこちうごく

人は湯につかって極楽を思うそうだが、われわれ猫は蓋の上で極楽を感じる。基本的に水に濡れるのは好みじゃないからね。ぽかぽかした蓋の上で、あっちにゴロリこっちにゴロリ、ゴクラクゴクラク。

第四章　食べる

三十一、

たのしみは
まだ宵ながら起き抜けて
人知れずこそ魚食うとき

盗み食いとはとんでもない。食べ物を置いたり食べたりするためのテーブルの上に置いてあるのだから、それを食べたからと非難される筋合いはない。日頃から「食べ物を残すな」と口うるさくのたまわっているのだから、むしろ感謝されるべきだ。

三十二、

たのしみは
カサッと聞こえしかなたより
御八つの香りのほのかなるとき

われわれが細かい音を聞き分けたり、かすかな匂いを嗅ぎ分けるのを得意技としていることを知らないのかね。認識不足もいい加減にしたまえ。君たちが黙って隠れてこそっと食べようとしても無理というもんだ。そういうこすっからいことは見逃さないから、心しておきたまえ。

三十三、たのしみは
あたりあたりの振る舞いを
佇《たたず》み歩き食べ比べるとき

＊注　あたりあたり＝あちらこちら
振る舞い＝ごちそう
佇み＝あちこち

方々の家から声がかかるので、お邪魔してごちそうをいただいています。近所づきあいとリサーチを兼ねて、あちこちのお宅を訪問しています。味やサービスに他のお宅と差がある場合は、引っ越しを考えます。

三十四、

たのしみは
宙に飛びをる虫どもを
大ジャンプして手でつかむとき

宮本武蔵は箸で蠅を捕ったそうだが、その程度の技が後世に伝わるとは片腹痛い。われら猫は、大した修行をすることもなく、はるか頭上に飛ぶ蠅をジャンプして捕えることができる。このあたり、種としてのレベルの差を思う。

三十五、たのしみは草葉の底にありなしの虫のうごめき聞き分けるとき

＊注　ありなし＝あるかないかかすかなさま

虫の発するわずかな音を聞き分けるには、常に平常心を保ち、草々の中を流れる気を感じ、己の存在を消し去ること。これらができてはじめて、草叢の虫を手や口で捕ることができる。人はこれらの域には到底達することができないので、大きな網を振り回している。

三十六、たのしみは野辺に打ちいで朽ちし葉の中をもごよふ蛇を捕るとき

＊注　もごよふ＝もぞもぞ動く

蛇は獲物のひとつで捕まえやすいが、「いやだ」とわがままを言う人は多いので、土産にはしない方がよいだろう。なお、毒蛇に噛まれるようなとんまな者はいないと思うが、傷の治りが悪かったり命を落としたりすることもあるのでくれぐれも注意されるよう忠告しておく。

三十七、たのしみは
ネズミの穴の前にをり
寝ずに見つめて待ち伏せるとき

いつか来る一瞬のために平常心を保ち姿勢を崩さない。穴の中に追い詰めたと言っても仕留めたわけではない。隙をみせれば逃げ出す。食うか食えないか、一対一の真剣勝負である。ただ己の気配を消し、一瞬を待つ。

第五章　恋

三十八、たのしみは
ムアオウアオウと口遊《くちずさ》び
マオママオウとかえしあるとき

＊注　口遊び（くちずさび）＝詩歌などを心に浮かんだまま歌うこと

【参考】いきとしいけるものいづれかうたをよまざりける。
（紀貫之『古今和歌集　仮名序』）

恋の相手に相聞の歌を贈り、相手は返歌を贈り返す。これが恋の作法というもの。われらの相聞歌をうるさいとは何事ぞ。この文化的習いを、人もしていた昔があったのを思い出さないのが他人事ながら情けない。

三十九、たのしみは
卯月の雲ともとほろひ
雨降る軒《のき》にいざないしとき

＊注　もとほろふ＝巡る　回る
いざなう＝呼びかけて連れて行く

【参考】　朝為行雲暮為行雨　（宋玉　『高唐賦』）

雲と雨。転じていつくしみを意味する。雲があり雨が降る。ふたつが交わることは自然の成り行きである。雄猫がいて雌猫がいる。このふたつの交わりもまた自然の成り行きである。雲雨とは男女の情交をいう。

四十、

たのしみは
雪かき分けて夜すがらを
ねがひの糸口結ぶ恋のとき

＊注　夜すがら＝一晩中

【参考】
ゆるゆるしきお祭りに帋（かみ）をほしがる毛物の春
（喜多川歌麿　『ねがひの糸口　序文』）

雪が降ろうが凍えるような寒さであろうが、恋のためなら突き進むのが雄の生きる道である。この気持ちがなくなれば生き物としておしまいである。あるとき、人のばあさまに「いつまでその気があるのか」と問うたことがある。そのばあさまは黙って火鉢の灰をかき回していた。

四十一、たのしみは
東風《こち》に吹かれてあゆみのち
なじみの梅を爪とぎしとき

【本歌】東風吹かばにほひをこせよ梅の花　主なしとて春を忘るな

（菅原道真）

風雅の心を持つわれわれ猫は、梅の木のみならず、さまざまなところに爪で思いを掻き残す。歳を経て子孫が私の掻き置いた爪痕を見、時の流れを感じるであろう。

四十二、

たのしみは
路塞ぎたるどら猫に
目勝下せば逃げ退きしとき

＊注　目勝＝にらむこと

猫同士が喧嘩をするのは恋のときが多い。騎士が麗しい女性を中にして決闘するようなものだから、下品な喧嘩はしない。ただ、負けた猫は後ろを見せて逃げる。今後のことを思ってフックを浴びせるので、後ろを見せた猫は後半身に傷をする。強い猫の額や顔には向う傷がある。

四十三、たのしみは
左手《ゆんで》でタッタッタッジャブをだし
タッタッタッバシッフック決めるとき

猫パンチの種類にもいろいろある。相手を傷つけないようジャブを繰り出し、相手のやる気を削ぐことが多い。決めるべきパンチはフックである。アッパーは使わない。

第六章　雑歌

四十四、

たのしみは
野の草花の間を歩き
匂いかぎつつ彷徨《さまよい》しとき

迷いを恐れてはいけない。迷いの中から何かが見つかる。われわれ猫は迷っても子羊にはならない。迷い猫は猫だ。迷う中に楽しみを見つければ達猫になれる。

四十五、たのしみは
深く眠りてさやけしく
起きて伸びして大あくびするとき

*注　さやけしく＝すがすがしく

深い眠り、さわやかな起床、全身のストレッチ、大あくびという一連の動作をした後から一日が始まる。人はそれをしないから、人の一日は淀んでいる。ときどき、歩きながら大欠伸している人を見ることがあるが見るに堪えない。あくびは起床後、家の中でするものだ。

四十六、

たのしみは
高き窓辺に寝そべりて
眼下の千々を眺めをるとき

*注　千々＝いろんなもの

ちまちました世間に惑わされないためには、何事も高みから見ることが大事である。人は背伸びして顎を上げてものを見たがる。それでは見るものと同じ次元なので意味がない。われわれ猫は高いところでも平常な心を保てる。等身大の己でいつも冷静に見ている。背伸びしてものを見る必要はない。

四十七、

たのしみは
腕を伸ばして足伸ばし
直身《ひたみ》伸ばしてストレッチするとき

＊注　直身（ひたみ）＝全身

朝のストレッチ法を示す。まず両手をそろえて伸ばし、その姿勢を保ちつつ重心をゆっくりと前方に移動し体幹を預ける。そののち両足を伸ばしながら体幹も充分にストレッチする。この動作を静かな呼吸とともに行う。その後、できるかぎりの大あくびをし深呼吸をする。午睡の後もストレッチを行うべきだが、軽めでよい。

四十八、たのしみは

我が世とぞ思ふ望月に
とどけとばかり尿《いばり》するとき

【本歌】この世をば我が世とぞ思う望月の　欠けたることのなしと思えば
（藤原道長　『小右記』）

道長のような欲深な人間には
おしっこでもひっかけてやれ
ばいい。野原でぴゅーっと満月
に向かって飛ばすのは気持ち
いいぞ、すっきりするよ。

四十九、たのしみは
雨の近づく窓辺にて
とくとねもごろ顔あらうとき

*注　とくと＝念を入れて
ねもごろ＝懇ろ　入念でこまやかなるさま

天気は自分で予知するものである。それができないと一猫前といえない。人は他人に任せているから文句をいう。天気を予め知ることはさほど難しくはない。心と身体を澄ませば、気圧や湿度の変化がわかるので天気の変り目もわかる。

五十、たのしみは
流しに滴《したた》る水玉を
掌《たなごころ》にてきと受けるとき

*注　きと＝しっかりと

食べ方と同じく、水の飲み方にもさまざまなバリエーションがあります。人が、箸、フォーク、スプーンを使って食べるのと同じです。それらを知って行うことは、単純な「飲水」という行為に変化と楽しみをもたらします。ただ、身体の構造を無視した器や道具は使わない方がよいでしょう。

五十一、たのしみは

朝な夕なに爪とぎし

あばらちぐらにひとりをるとき

＊注　あばら＝荒れ果てた

【参考】今寂しき住まひ一間の庵自らこれを愛す　（鴨長明　『方丈記』）

われわれ猫は人と異なり強欲ではない。ただ、寝床だけは小さくてもよいから寝心地の良いのを望んでいる。毎日の日課である爪とぎが寝床の近くでできればと思う。爪とぎを毎日やることで爪をケアし肉球の匂いを付けているのだ。

五十二、

たのしみは
食うたか寝たか瞑したか
うつつのさかひひねもすのとき

日常の行いの境がわからなくなり、
それでもこころ平穏に日々過ごせ
れば、もうすぐ極楽。なんの不安が
ありましょう。

参考文献

書籍名　著者・（編注）　出版社

『橘曙覧全歌集』　橘曙覧　著（水島直文・橋本政宣　編注）　岩波文庫
『楽しみは』　新井満　自由訳編・著　講談社
『猫とみれんと』　寒川猫持　著　文藝春秋
『方丈記』　鴨長明　著（古市貞次　校注）　岩波文庫
『鴨長明』　三木紀人　著　講談社学術文庫
『古今和歌集（一）』（久曽神昇　全訳注）　講談社学術文庫
『古語辞典　第十版』（松村明・山口明穂・和田利政　編）旺文社
『現代語から古語を引く辞典』　金田一春彦（序）著（芹生公男　編）　三省堂
『雅語・歌語・五七語辞典』（西方草志編）　三省堂
『現代語訳　春画』　早川聞多　著　新人物往来社文庫
『この世をば』　永井路子　著　新潮文庫
『新日本古典文学大系7　拾遺和歌集』（小町谷昭彦校注）　岩波書店

『ねこはい』　南伸坊　著　青林工藝舎
『ニャンとも可愛い猫の絵手紙』　新堂みど吏　日貿出版社
『歌川国芳展　KUNIYOSHI』（岩切友里子監修）　日本経済新聞社
『ねこと国芳』　金子信久　著　パイインターナショナル

おわりに

猫の詠んだ歌、詠んだのはほんとうは人間のワタクシ、井本猫良（いもと　ねこら）です。

私は三歳のころから中学を卒業する前まで、一匹の三毛猫と非常に密に暮らしました。歌集の第十三首から第十八首にありますように、朝は猫が顔を舐めて起こしてくれました。母親の声で起きた朝より、猫に顔を舐められて起きた朝の方が圧倒的に多かったのです。夜は寝るときに布団の中に一緒に入り、しばらくすると猫が髪の毛を舐めながら寝かせてくれました。今もって寝起きや寝つきがいいのはそのせいかもしれません。

幼稚園や小学校からの帰りには、家からほど近い角まで猫が迎えに来てくれました。作文も題が指定されない限り、猫のことを書きました。絵が宿題になると、猫を描きました。夏休みの宿題の昆虫採集で提出した虫の半数は、猫が私に持って来てくれたセミやカブトムシ、クワガタ、カミキリムシ、カナブンでした。時にはすずめや蛇も持って来てくれましたが。

長じて、猫や犬を診療する臨床獣医師となり四十数年が経ちました。

お読みいただいておわかりのように、この歌集は橘曙覧《たちばなのあけみ》の『独楽吟』に倣っています。独楽吟は「たのしみは……」ではじまり、「……とき」で終わります。なぜ独楽吟に倣ったのかといいますと、第一には、猫になりきって「猫の楽しみ」を詠みたかったからです。四十数年も臨床をしていますと、数多くのおもしろい個性的な猫に出会います。猫の個性は一様ではありません。犬は飼い主の方の影響をかなり受けますが、猫はその猫本来の個性が強く出るようです。

第二は、子どものころから『独楽吟』に親しんでいたからです。

私が子どものころの昭和二十年代は、テレビが出だしたころでそれほど普及していませんでした。もちろん、わたしの家にもありませんでした。自宅と父の経営していた会社が一緒でしたので、夕食後は家族みんなで過ごすことが日常でした。父は短歌を詠むことを趣味にしていましたので、父の話す万葉集の有名な歌とともに橘曙覧の歌も私には親しい歌でした。

橘曙覧は年譜によりますと、文化九年（西暦一八一二年）、現在の福井県にある福井城下の老舗の文具商に生まれたそうです。若くして父を亡くし跡を継ぎますが、商才がなかったためでしょうか、二十八歳のときに家業と全財産を義母弟にゆずり退居し文学に従事し、その後、国学を学び自立したそうです。

岩波文庫の『橘曙覧全歌集』には一二七〇首の短歌と長歌一五首が収められています。「独楽吟」の五二首もその中に入っています。

独楽吟としてまとめられた「たのしみは」ではじまり「とき」で終わる歌は、日常の言葉を使っていますので、難しい理屈なしに心の中にすーっと入ってくるやさしい歌ばかりです。子どもの私の記憶に残ったのも、歌のやさしさのせいでしょう。

例えば、本書の第十九首、第二十四首に【本歌】として紹介したもの以外にも、次のような歌があります。

たのしみは三人の児どもすくすくと大きくなれる姿みる時

たのしみはつねに好める焼豆腐うまく烹たてて食はせけるとき

たのしみはそぞろ読みゆく書の中に我とひとしき人をみし時

たのしみは朝おきいでて昨日まで無かりし花の咲ける見る時

どの歌をとっても情景がすぐに浮かびます。橘曙覧は生涯貧乏であったようですが、日常の何気ないことに喜びを見出し、自由な暮らしを望んだことがよくわかります。前藩主の松平春嶽が、曙覧を登城させて古典の講義をさせようとしましたが、断ったというエピソードを知りますと、名声や実入りのある宮仕えより自由をなによりも大事にしたことがよくわかります。

いつのころからか、私は狂歌あるいはそれに類する歌を漠然と作りたいと思っていました。ただ、カルチャーセンターには、短歌の教室はあっても狂歌の教室はありません。そういうときに、狂歌ではありませんが、寒川猫持先生の歌集『猫とみれんと』に出会いました。自由な言葉の使い方と心に沁み残る作風に打たれ、私も素人ながらぽつぽつと詠みはじめました。この歌集の中に四首、猫持先生の歌をもとに詠んだ歌があります。

狂歌はおかしみや諧謔を目的にした歌で、多くは世に知られた本歌があってはじめて狂歌として成立します。ただ現代は、この歌ならみんなが知っているだろうということはあまり期待できません。説明すると面白みが半減するということもありますが、説明をしないと通じない歌もあるでしょう。猫持先生以外の本歌取りのまね事をした歌は中学の教科書に載っているような歌にしましたが、さあ、素人の挑戦はいかがだったでしょうか。

最後になりましたが、編集をしていただいた宮村美帆さん、適切なアドバイスをしていただいた加藤由子さんに深謝いたします。

平成二十七年晩秋

井本猫良

井本　猫良
（いもと　ねこら）
本名：井本史夫。1945 年兵庫県生まれ。三木市立三樹小学校、神戸大学附属明石中学校、兵庫県立加古川東高校を経て、1969 年帯広畜産大学畜産学部獣医学科卒。1974 年横浜市緑区（現・青葉区）に井本動物病院開院。1995 年ヒトと動物の関係学会創立に参加、初代事務局長。横浜市獣医師会理事、東京農業大学非常勤講師などを歴任。著書に『集合住宅でペットと暮らしたい』（集英社）、『間違いだらけの室内犬選び・育て方』（講談社）など多数（著書名は井本史夫）。また、NHK 趣味悠々、ペット相談、まる得マガジンなどに出演。

装丁：寄國聡（ビッグバン）
本文デザイン：ビッグバン
挿絵：井本猫良
編集：宮村美帆
編集協力：加藤由子

猫楽吟　―賢い猫は歌を詠む

2015 年 12 月 25 日　第一刷発行

著　者：井本猫良
発行者：吉田幹治
発行所：有限会社 源草社
〒101-0051 東京都千代田区神田神保町 1-19
ベラージュおとわ 2F
電話 03-5282-3540　FAX 03-5282-3541
http://gensosha.net/
e-mail info@gensosha.net
印　刷：株式会社上野印刷所

乱丁・落丁本はお取り替えいたします。

ISBN978-4-907892-08-1